분홍의 시작

파란시선 0025 분홍의 시작

1판 1쇄 펴낸날 2018년 8월 20일
1판 2쇄 펴낸날 2018년 10월 20일
지은이 남길순
디자인 최선영
인쇄인 (주)두경 정지오
펴낸이 채상우
펴낸곳 (주)함께하는출판그룹파란
등록번호 제2015-000068호
등록일자 2015년 9월 15일
주소 (10387) 경기도 고양시 일산서구 중앙로 1455 대우시티프라자 B1 202호
전화 031-919-4288
팩스 031-919-4287
모바일팩스 0504-441-3439
이메일 bookparan2015@hanmail.net

ⓒ남길순, 2018, printed in Seoul, Korea

ISBN 979-11-87756-22-4 04810
      979-11-956331-0-4 04810 (세트)

값 10,000원

분홍의 시작

남길순 시집

시인의 말

다만

떠도는 말은 색을 얻지 못하고

직언은 돌아오지 않는다

숨기고 싶던 분홍이

당신들의 부끄러움을 가리키는 손가락이 되었다

분홍은 1그램의 수치(羞恥)

1그램의 당위

그것이 모자란

여름이

간당간당하다

차례

제3부

제1부

분홍의 시작

숲은
어린 나의 무대
바위 속에 집을 그리면
입속에 꿈틀거리는 벌레들이 살아난다
무릉도원이라는 말이 생겨나기 전부터
그곳엔 복숭아밭이 있었고
아버지는
담장 위에 더 높은 담을 쌓고
복숭아 속에
벌레들을 길렀어
꽃은
나무의 겨드랑이에 고여 있던 물이 피어오른 거야,
향기는 나무들의 숨 냄새…,
사방이 분홍인 방에 엎드려 써 놓은 일기를 읽으면
너는 어려도 모르는 게 없구나
벌레 있는 복숭아가 더 맛있는 거란다
아버지는 흰 광목으로 정성스럽게 내 발을 감싸고
복숭아나무에 나를 묶었지
뿌리에서부터 발작이 시작되면
연분홍 꽃들을 솎아 쏟아 버리며

뒤틀리고 작아진 발을 관 속에 넣고 못을 박았어
노란 봉지에 복숭아를 싸 넣으며
더 많은 벌레들을 길렀지
치마 속으로
뱀이 기어들어 오고
분홍 물을 풀어놓은 복숭아밭 언덕 너머로
힘센 기차가 들어오고 있었다

소지

검은 바위 속 흰 나비 날아오른다

막다른 길 오르다
돌아보면
모르는 손이 내 발을 받쳐 주고 있다

종이 타는 냄새
그림자처럼 지나간다

달리기 새

아침은 뛴다 커다란 새를 안고

대각선을 가로지르는 사람에게

직선보다 둥근 선은 없다

발과 발이 떠 있을 때 길은 반대 방향으로 흐르고

태양과 지구와 달의 지그재그를 파고들며

달리는 사람의 눈

오래 달리는 사람은

자신이 달리고 있다는 걸 잊어버린 사람

허공을 긋고 나타났다 사라지며

밤의 중력을 들어 올리는 사람

흰 불꽃을 뿜으며

몸을 빠져나간 그림자가 앞서 달리고 있다

이제 곧 죽을 먹이를 차지하려고 도로를 덮은 까마귀
들이

화들짝 퍼져 나간다

마네킹 아이

나에게는 얼굴이 없다
나는 오백 년 전에 죽었다
사람들은 왜 그 너머를 그리워하게 되었는지
한 여자가 다가와 꽁지발로 키를 맞추고 내 옷을 벗겨
간다

미라가 된 아이가 살아나고
나는 다시 키가 자란다
긴 속눈썹을 비비며 너 대신 울어 주고 싶어진다
나는 사람들의 해맑은 유리창
끝내 당도하지 못할 머나먼 아침

나는 태어날 때부터 한 방향만을 보아 왔다
그곳은
멀고 인기척 없는 미래
아케이드 불빛 속에서 서로를 복제하는
누군가 가냘픈 심장을 꺼내 간다

사람들은 구름 끝에 나를 세워 둔 채 잠들고
창밖엔 밤새 눈이 내리고 있다

얼굴 없는 꿈이 거품처럼 떠도는
나를 입고 간 아이

내일의 날씨와 내일의 표정을 고른다

백일홍이 피어 있는 연못

여인이 물속을 걸어가고 있다
구름의 영토 끝까지 다다르고 있다

꽃무늬 스카프를 머리에 두르고 뒤를 돌아보다가
반대편에 서 있는 나를 향해 사진을 찍는다

가지런한 이를 드러내며
웃는 여인은
오백 년 전 손을 놓았던 정인

한번 문을 열고 나온 나는
연못을 돌고 돌아보았으나

그곳에
다다르지 못한다

목성의 하늘가
분홍 구름처럼 나부끼던 백일홍이
지상에서 낙화를 시작한다
세상의 안쪽에서

벌레들이 우는데

평생을 기다릴 것처럼
한 남자가 앉아 있고
오래도록 파문이 일고 있는 연못가에
여인은 오지 않는다

지평선 너머
정강이만 남은 목백일홍이 빙 둘러선다

붉나무가 따라왔다

슬쩍 스쳤을 뿐인데

네가 옮았다

방이 울렁거리고 탁자가 흔들리고 밤의 블라인드에 나
타났다

사라지는 뿔난 짐승

집이 불타오르는 꿈을 꾸었다

앞산이 창문까지 다가오고

능란한 몸짓에

나도 모르게 내가 벗는다

밤새 긁어 댔을 뿐인데 녹이 슬었다고

먼 훗날 단풍 든 산을 보며 말할 것이다

옻을 먹은 수탉

파닥이는 붉은 영혼 내 몸을 빠져나갈 때

생강나무 숲

봄날 병을 얻어 그 나무 아래 누웠네
생각나무, 생각나무, 겨우내 생각에 잠긴 나의 생강나무
가지마다 노란 불을 환하게 밝히네

레몬트리, 레몬트리, 마른 숲 속에 환한 꽃

가지를 꺾어 코에 대면
오호라, 생강
먼 우주에 가닿고 싶은 생강 냄새 퍼져 나가고
어느 별에 두고 온 분신이 있어
밤마다 별을 헤아리는 사람들

그 별 아래 숙연해지는 영혼들이 망울망울 매달린
생강나무 아래 서면
레몬트리, 레몬트리, 나는 가장 아름다운
길을 걸어가고 있는 사람

생각이 뚝뚝 떨어지는 생강나무
생강나무 꽃 지고 나면 메마른 봄 산에 비가 온다 하네.
그 산의 나무들

연둣빛으로 피어나 드디어 환한 몸 열린다고 하네

나는 아직 병든 봄 산
생강꽃 핀 생각나무 아래 참나무 토막으로 벤치를 만
드네

눈 없는 나의 눈을 끌고 가는

불 밝힌 생각나무
생강나무 숲

약

목구멍은 왜 둥글까
그럼 왜 약국은 네모지

약국은 늦게까지 문을 닫지 않았다

두통을 달고 살다
약국에 가면
부적처럼 붙여 놓은 빨간 약
목구멍에 걸리고

기다리고 있는 노인은 약에 취한 눈빛으로
내 눈을 뚫어져라 본다

분홍 알약을 털어 넣고
병아리처럼 물을 마시면
옆구리에 터진 구멍으로 색색의 약이 흘러나와

병은 다시 병을 앓고
약은 끊임없이 새로운 약을 낳아

아프다라는 말엔
가시가 숨어 있어
나는 전화를 받다 가슴을 쓸어내리고

날짜를 세듯 남은 약을 세어 보다
다시 약국에 가는 날

흰 쿠션을 안고 뒹구는 창백한 소녀가
따라왔다

다행이야,

그래도 약국이 근처에 있다면
너는 아직 이 세상에 머물고 있는 거니까

호수도서관

층층마다 물고기가 드나든다
책장이 열렸다, 닫힌다
물속 도서관

석고상 같은 사람들이 앉아 있다
나는 에페소의 파피루스를 해독하며 아직 도착하지 못
한다

오랫동안 움직임이 없는 물

물속에서 물속으로
백 년이 흐르고

물을 의심하는 여기
다시 백 년이 흐르고

나는 깨어난다

겨울새들이 줄지어 행간 밖으로 사라지고
출렁이는 책장에는 신간이 정리되고 있다

오늘 새로 쓴 너의 말이 낳은 무늬들

물방울을 튀기는
여자는 다시 화석이 되어 가고

눈먼 구름이 다가와
눈 속에 알을 슨다

백야

나와 같은 몸을 쓰는
또 다른 나와 마주칠 때가 있다

호텔에 누워 듣는 개 짖는 소리는
이미 사라지고 없는 소리를 듣는 것처럼

멀다

밤이 왔으나 죽지 못하는 태양

낮 동안
카프카의 무덤을 찾느라 묘지 몇 군데를 돌아다니며
수많은 카프카를 만났다
검은 묘비들이 살아 돌아오는 밤

클라이맥스로 짖어 대다가 일순간
고요해지는 하늘을 본다

유대인 묘지 끄트머리쯤에
내가 찾는 카프카는 누워 있었다

그를 찾아야만 하는 간절한 이유라도 있는 듯
각혈하는 장미 한 송이 놓고
돌아설 때

한동안 잠잠하던 병이 도진다

이 불안의 시작이 어디인지
여름밤은 스핑크스처럼 창문 앞을 지키며
돌아가지 않는다

몸 밖으로 나오지 못하는 소리는
밤새 끙끙거리고
곁에 누워 있던 누군가 황망히 떠나간 것처럼
몸을 웅크리며 너는
이불을 둘둘 말고 있다

그네가 있는 집

그네에 앉아
나를 놓으니
주변의 모든 사물이 그네를 탄다

좋은 노래란
팔다리가 없을 것
무엇보다 몸무게를
놓을 것

새들이 다가와
그네를 밀어 주며 속삭인다
비어 있는 뼈 속 멜로디는
드높고 경쾌하다

방금 내 머릿속에서 빠져나간 그네

맥박이 최대치로
올라가고 발아래 매화가 피어난다

묶인 개가 잠에서 깨어나 공중의 새를 쫓아다닌다

떡갈나무에
그네를 맨 집에서
내 몸에 싹이 돋는다

귓밥 파는 밤

귀 없는 너는 모르지
등 뒤에
사각사각 눈 쌓이는 소리
모종삽에는 우주에서 날아온 꽃씨가 몇 알
코스모스처럼 밤이 살아 돌아오고
느리게 뒤로 돌아눕는다

사랑은 몇 광년을 지나
무릎까지 왔을까

귀먹은 귓속에는 측량할 수 없는 별빛

무릎이 녹고
무릎에 누운 마음이 녹고
달팽이처럼 느린 나선의 관에 깨어나는 물방울
마른 물방울의 기억

귓속으로
귓속으로
침묵이 부딪혀 돌아올 때까지

호흡이 가빠지는 눈보라
더 멀리 빨려 들어가는 눈보라

커다란 소리를
듣지 못하는 네가 있고
너무 작은 소리를 받아 적을 수 없는
어둠의 난간

석고로
누운 다비드와

세상의 모든 숨은 신

기린은 꿈처럼 가만히 누워

기린은 고서에 나오는 상상의 동물
기린은 상서로운 새이거나
기린은 다리가 긴 기차

나는 기차를 타고
기린은 평원에서 풀을 뜯다 돌아보고

나는 기린을 타고 떠난 할미새
기차는 손을 흔들며 울던 기린

기린은 그사이 키가 더 자라고
기린의 목은 차창을 넘어와 칭얼거리는 아이의 손을 핥고

기린은 주황색이 도는 갈색
패치 모양의 얼룩
크림색이 도는 황색 구름

산이 돌아 움직이고
낮달이 따라오고
휘날리는 소녀의 머릿결

눈물이 마르지 않은 손수건
내가 떠 준 보라색 스웨터
아직 지우지 않은 사진
사소한 변명과 김밥

기린의 혀는 거친 숨을 잘도 녹여 먹고
기차는 기린의 평원을 오래도록 감아 돌고

기분 좋은 기린의 목은 하늘에 닿고
목이 늘어날 대로 늘어난 기린은
구름을 피워 올리고

겨울에서 봄으로 기린의 목이 넘어가고

나는 기린의 목에 매달려
머나먼 나라에서
머나먼 나라로

두 시의 호랑이

그림의 눈동자가 불탄다
배고픈 두 시는 마른 가죽보다 질기고
벽을 찢은 눈동자가 튀어나오기 좋은 시간
촛불이 흔들리고
눈이 더욱 맑아진다
호흡을 멈춘 밀밭에 나타난
두 시의 호랑이
긴 터럭을 만진다
귓속말은 비명처럼 따뜻하다
불을 켜지 않아도 밤이 환한 호랑이
호랑이의 송곳니를 달리며
밀밭은 파도친다
까마귀들이 쫓겨 날아오르고
새벽 두 시엔
새벽 두 시의 오로라
오늘은 내가 태어난 마지막 밤
얼음을 깨트리듯
종을 치는 아래층 시계
호랑이에게 잡혀 갔다가 호랑이를 타고 날아 온
호랑이의 눈,

호랑이의 정신,
호랑이의 발톱,
밤의 숲에 활활 타오르는
저, 호랑이 잡아라
조선의 화첩 속엔 끝이 보이지 않는 밀밭
눈동자와 눈동자는
밤과 낮처럼 서로를 쏘아보며 돌고

제2부

삼척

　늙은 어부가 자신보다 두어 배나 큰 물고기를 잡아당기
며 바다로 걸어 들어가고 있다

사리

눈부시게 흰 개였다

한 번도 짖지 않는 든든한 개였다

개는 끝이 보이지 않는 흰 모래 위에 누워 있고

정적이 흘러갔다

나는 누워 잠을 자고

너는 검은 밤에도 흰빛으로 빛났다

태양 아래 잠을 자는 개는 몹시 아름다웠다

다음 날도 그다음 날도

개는 거기 있었다

너의 하양이 나의 검정을 깨우는 새벽

고요 속의 혈투

흑백의 눈물을 흘리며 동굴 밖으로 나오면

개를 이끄는 내가 있고

발걸음이 무거운 네가 보인다

흰 개는

귀신을 쫓는다

복사꽃 통신

꽃 피었다
오너라

해마다 그 아래 자리를 펴고
나를 눕힌다, 나란히 눕는 봄
엄마 젖은 애기 젖
내 젖은 엄마 젖
서로의 젖꼭지를 바꿔 달며 복숭아는 자라고

산 나비가 죽은 나비를 지울 때까지
어디 가서 백 년이나 이백 년쯤 잠들다 왔는지
여든의 엄마는 말이 없다

꽃 속에 묻혀 할캉 달캉
분홍빛 세 살
엄마 가슴 손 넣고 만지다가

나 근데 어릴 때 아버지랑 하는 거 봤어,
복숭아 한 개 툭 던지면
복사꽃 빨개지는 주름투성이 얼굴

자네 두고 이대로 자다가 여영 일어나지 못헐지도 몰러,

　쑥스러운 듯
　한번 만져 보라는 성화에
　굽 높은 신발 신고 들어갔다가
　온몸이 간질간질 복숭아처럼 빨개져서
　집에 와 며칠을 긁으며 생각하니

　산실에 누운 엄마 다시 여물어 가고

　꽃 지었다
　가거라

늑도

어머니
돌아가면
저 섬에 허리를 펴 뉘여 드리리

오목가슴이 뛰면
그곳에 귀를 대고
오랫동안 자장가를 불러 드리리

창을 열면
나를 기다리는 섬
귓불을 만지며 또 묻는다

거기도 달 떴능가?

수족관에는
주둥이 내민 봄 도다리
물오른 냄비에 쑥이 끓어넘치는데

섬은
죽은 어미처럼

고요하다

아득하고 먼 패총 위에
시름시름 앓다가
뼈만 옴시롬히 남기고 싶은 이름
늦도

바다에 빠진 별들이
끓는 쑥국처럼 코를 고는

거기도 달 떴지요?

서라벌의 아침

지명을 바꿔 불렀을 뿐인데
초록 갈기 휘날리며 무덤을 타고 노는 아이들

대릉원엔 아직 깨어나지 않은
알들이 놓여 있다

노출을 연 프레임엔
두 마리 개미가 철기시대 유물처럼
앞다리를 겨루고

황금 말띠 꾸미개
황금 말띠 드리개
앞가슴 쪽에 길게 늘인
크고 작은 말방울이 울린다

먹빛 능선 날아오르고
눈부신 천 년 부메랑 같은 말이
돌아오는 지금

나는 프레임 속으로 들어가

순장된 소녀처럼 죽는다

거기 누구 없어요
정말 아무도 없어요

말 울음소리가
곡옥의 눈을 찌른다

흑백 모드에서 깨어났을 때
무덤은
이미 파헤쳐졌고

산 사람들이 끊임없이 무덤 속에서 걸어 나오고 있다

초록이 무성한 여름이었고
나는 너무 멀리 와 버렸다는 사실을 깨닫게 되었다

해녀와 전복

다가갈수록 움츠러든다
바닥은 바닥을 알아보았다

감각이 무뎌지고 몸의 문양을 따라 배를 미는
단 한 번의
전복을 꿈꾸는

일시 정지

뒤를 돌아보다 깜짝 놀랄 것이다
웃지도 못하고 뒤집혀질 것이다

애야, 도마 위에선 항문과 입이 같은 말이란다 먼저 털
이 수북한 복족을 깨끗이 씻어라 평생 등에 지고 다니던
집을 숟가락으로 떼어 내거라 그리고 나면 비로소 무지개
가 피겠구나 누구나 창자를 보면 슬퍼지는 법

어슷어슷 썰어 접시에 가지런히 펼치면
아직 살아 꿈틀거리는 누군가의 잇몸

세상의 모든 길은
스스로를 뒤집는 데 평생이 걸린단다

●전복은 항문과 입의 통로가 같다.

돌이 기르는 사내

아버지가 다시 돌 속으로 걸어 들어가신다

돌은 형상과 결을 벗어 버리고
이름을 얻는 중이다

돌의 피부가 만져지고 심장이 뛰기 시작한다
돌의 눈동자가 밝아 온다
솜털 같은 날개가 돋는다

멀리서 보니
검독수리가 먹이를 노리고 앉아 있다

돌 속에 환한 달
달 아래 나무 한 그루
나무 밑에 뒤엉킨 한 쌍
깨지고 닳아지며 구르는 돌 사이에
무릎을 꿇고 앉아 있는 사내가 보인다

별을 보듯
돋보기로 무언가를 찾고 있다

오래도록 움직이지 않는다

저 속도로 심장이 검게 식어 갈 것이다

푸른 곡옥 귀걸이

누군가의 배 속에서 나는 이미 난생이다

깊이를 알 수 없는 것들은 언제나 푸른빛을 띠고 거기
닿기 위해 명적(鳴鏑)은 날아간다 유전자 지도처럼 난해하
게 금 간 유물의 표정들

세상은 투명한 감옥인데 뚜껑을 열어 보려고 안간힘을
쓰다가 연대기 속으로 사라지고
갑옷과 긴 칼에는 붉은 꽃 핀다
오래전부터 남몰래 울고 있는 저녁이 있어

조용히 알을 품은 항아리 곁에
진흙으로 빚은 토우는 성기가 크다

자궁 속으로 돌아가지 못한 푸른 눈동자는 비어 있고

나는 석상의 발끝을 더듬는 귀뚜라미
작은 발자국 소리에도 여러 개의 귀가 일어서고
몇 갈래 길이 태어난다

금관에 매달린 곡옥이 말을 걸어와 주렴 속 한 여인과
눈이 마주친다
귀걸이 찰랑거리던 귀가 없다

사라진 곡옥이 내 안에 실핏줄을 당긴다

지저귀는 공원

버드내 공원 고인돌은 누군가 벗어 두고 간 모자이다

원형 타원형 말각방형의 방을 옮겨 다니며 숨겨진 그림자를 쪼아 대는 비둘기들 흩어진 선사의 흔적들이 밤낮없이 아이들을 불러 모아 정글짐에서 시소로 시소에서 미끄럼틀로 순간순간 태어나고 죽는다

홈자귀로 깎고 돌도끼로 다듬은 오색 팽이를 돌리는 바람 돌화살촉을 벼리며 노는 아이들 청동기 여자가 아기를 재우던 화롯가 벤치에는 연인들이 포옹하며 입술을 포개고 있다

두 개의 해를 피해 몰려든 발자취를 지우며 뿌리는 나뭇잎을 향해 죽은 사람들을 지그시 밀어 올린다 더 이상 비밀을 지킬 수 없는 무덤이 가슴을 파헤치고 지저귀는 공원

고인돌처럼 모자 쓴 내게
옛 우물터에서 한 무더기 참새 떼가 날아온다

나는 불현듯

왼팔 없는 머나먼 느티나무가 된다

고구마와 새

새 한 마리 날아와 앉아 있다

툭툭 건드려도 꼼짝하지 않는다
날개가 상한 새로군

암전,

새소리가 들려온다
창가에 싹이 돋아나며 말을 걸어온다

옥상에 하얀 손들이 널리고
전신주에도 사과나무에도
날개를 퍼덕이는 새들

부리만 자란 새가 음악 없이 춤을 추는 밤

신호등을 건너고
폐지를 가득 실은 오토바이를 만나고
무엇을 더 버려야
새를 얻을까

일요일엔 새의 날개에 골고루 물을 뿌려 준다
창틀 위 경계에서
안과 밖을 번갈아 보는 눈동자

지구 밖의 햇빛을 물고
나무의 검은 그림자가 창을 넘어온다

말날

메주를 광주리에 담은 사진이
열두 살로부터 도착했다

늙은 새가
낳아 놓은 알 같기도 한데

코끝을 스치는
아랫목 냄새

새벽부터 순한 말을 몰고 와 잔등을 쓸며 기다리는 할머니

정월
첫 말날에 장을 담가야 맛있다는
흘려보낸 말이 살아 돌아오고

독에 소금을 풀고
달걀을 띄우고, 숯을 넣고
붉은 고추를 잠재운다

물보다 진한 피가 삼대를 돌아오는 동안

푸른 허공에
버캐를 문 말 떼들

얼마나 뽀얀 아이들이 태어나려는지

오줌보가
곧 터질 것 같다

기다리는 사람

그는 예언처럼 들려주었다

드넓은 평원에서
눈을 감고 똑바로 걸어 나아가면
지름 20m의 원을 그리며 돌고 있을 거라고

지도를 펴면
방금 누군가 이 길을 지나간 흔적
막다른 벽에는
손톱으로 긁힌 자국 같은 별이 떠 있고

나는 누구인가
어디로 가고 있는가
스스로를 빙빙 돌고 있다는 기시감이 몰려오는 밤

지름길에서 만난 기린은 갈 수 있다
느림보 거북이도 갈 수 있다
여우도 갈 수 있다 중얼거리며 울고 있는
낯선 여자를 만났다

발자국에 발자국을 겹치며
발자국을 발자국으로 지우며

기다리다 지친 그가
이쪽으로 걸어온다

그는 너무 천천히 와서 오고 있다고 느껴지지 않았고
점점 멀어졌으나 아주 사라지지는 않았다

눈사람 애인

갓 태어난 애인을 갖고 싶다

흰 깃 새들이
숨어 바라보는 입맞춤 위에는
다시 함박눈이 내리고

무대 위 발레리나에겐 매일 새로운 연인이 태어난다

하룻밤 고민해 볼 겨를도 없이 다가온 소녀를 위해 평
생을 울었다는
빙하기의 소년을 생각하며
빨간 단풍잎 눈동자를 만들자
금세 아이스크림처럼 녹아 버리는 입술

멀리서 다가왔다가
나도 모르게 사라지는 가벼운 발자국 소리
뒤따라간 푸들의 그림자가 길게 늘어져 있다

새로 시작하는 것은
말의 목을 내리치고 노란 방울 소리를 찾아 떠나는 일

먼 산
웅크리고 앉아 있던 백곰 한 마리
무릎을 꿇고 일어선다

모든 사랑은 첫사랑이라는 신파조의 눈이
떠나간 발자국을 하얗게 지우고 있다

남자, 아이, 그리고 여자
점점 얇아지며 가벼워지는

세상의 모든 첫이 눈 위에서 사라진다

젓가락 행진곡

누가 이 젓대로 목숨을 이어 가라 했나

어둔 식탁에는 직립의 한 쌍이
어깨를 나란히 하고 걸어가는 소리

멀리 노를 젓고 사라지는 마지막 사공의 모습이 보인다

젓가락을 쥐고
허겁지겁 식탐을 말아 넣다 눈이 마주친
몸 안의 그림자들

누구일까?
이것으로 평생 고독의 피리를 불게 한 이는
다정하게 손을 잡고 걷다가 나는 왼손을 놓아 버렸다
나는 엇박자가 즐겁다

늦은 밤 돌아온 식탁에 은빛 선로가 놓여 있다

젓대를 곧게 세우고
이슬로 숨 쉬는 풀숲 맑은 곤충들

가을밤은 키가 자라고

새벽 강을 빠져나간 아버지는 돌아오지 않는다

선로 위 반짝이는 은빛 피리 소리

지팡이를 더듬으며
스스로 답을 찾아가는 사람

제3부

길

돌팔매질에도 꿈쩍하지 않는다

독이 오를 대로 올라 혀끝까지 단풍이 들면
뱀사골은 똬리를 틀고

서리 맞은
붉은 눈을 치켜뜨며

흰
사과를
찾
아
간
다

짓이기고
짓이겨진
몸

기어이 중앙선을 넘어간다

프로필

나로부터 달아나는 얼굴, 얼굴들
죽어서 다시 사는 오월의 휘파람이 된다

저 별과
환히 웃는 사람 중에
오늘 태어난 나는 누구일까

사진마다
목 없는 영혼

독백과 방백 사이

나도 모르게 들어온 작은 새
꽃 그림자도 숨었는데

내 얼굴 가면을
차례로 벗어 보지만 포개지는 입술이 없다

다가갈수록 흩어지는 새들
원본을 지우고

나를 날려 보낸다

천의 얼굴, 만 개의 웃음

반대편에 서서 이곳을 바라보던 사진가는
파일 이름을
밀화부리라고 보내왔다

호두 까는 인형

　호두를 샀습니다 몸을 벗어난 머리통이 거실에 굴러다
닙니다 웃다 떨어진 해골입니다 개미들이 굴리고 놀기엔
너무 크고 발로 차며 놀기엔 너무 먼 미래입니다 머리를
잃어버린 사람들이 선술집에 모여 저마다 한마디씩 합니
다 술병 속에서 혼자 흐느낍니다 껍질 속 계절이 바뀌고
검은 옷을 입고 문상을 가는 해골들이 깔깔거립니다 툭
떨어진 다람쥐는 주소를 잘못 찾아왔군요 엉뚱한 그에게
한 알의 머리를 던져 줍니다 갸웃거립니다 손에 들고 단
단한 어둠을 부숴 뇌를 꺼내 먹습니다 너와 내가 나란히
고소합니다 날개를 번득이며 누가 다가옵니다 이미 죽은
해골들이 인형의 입속에서 손뼉을 치고 놉니다 호두를 까
다가 돌아보니 아무도 없습니다 발가락 밑에서 좌중이 배
꼽을 잡고 웃습니다 나는 양떼구름을 타고 가다 혼자 얼
굴이 빨개집니다

수탉이 있는 마을

오늘은 빨강의 목소리로 그가 웁니다
백일홍이 연못 가득 피어나고 있습니다
담장 위에 서서 깃을 단장합니다
낭창한 관이 연륜을 말해 주지만
젖은 날개
어깨는 늘 무거워 보입니다
그는 모든 것을 아는 것처럼 울지만
자기 목소리를 모릅니다
그러므로 날마다 다른 목소리를 낼 수 있는 걸까요
저녁엔 홰를 치며 그가 파랗게 웁니다
말과 표정이 어긋난 경계의 눈빛으로
마당을 살피는 수탉
나는 늙은 수탉을 보고
수탉은 나를 봅니다
노을을 빨아 삼키는 하늘 아래
간간히
목 떨어지는 소리
들려옵니다

오리온자리 찾기

개를 찾는 부족의 밤은 길다

큰개자리, 작은개자리,
목이 길어진 부족들이 돌아온 밤

너는 비비고 핥으며 꼬리를 내리고 안긴다

개는 사람에게
사람은 개에게

서로의 아랫도리에 새긴 이빨 자국을 맞춘다

영원히 닿지 않는 푸른 지평

나는 줄을 끊고 나간 개를 찾고
개는 내 안의 밤을 떠돌고

아무르, 아무르
수수께끼 같은 아지랑이

돌아앉은 등에 그 애도 모르는 계절이 묻어 왔다

멀리 있는 겨울밤이 컹컹 울려온다

억새평전

녹색의 시대는 이렇게 지나갔다

돌아앉아 금서를 읽으면 티셔츠에 얼굴을 새기던 그가
와 줄까

혁명의 소리는 사라지고 없는데

노을은 검은 흉터를 태우는지

눈이 맵다

무등의 지붕을 맴도는 까마귀 떼

목쉰 남자들

겁에 질린 어깨, 떨고 있는 늦가을 볕 아래

억새는 춤춘다

도미노처럼 쓰러지다 일어서는 한풀 꺾인 꿈속으로

알 듯 말 듯한 얼굴들이 다가온다

육중한 산의 음영

불거지는 근육

죽은 사람과 산 사람 사이에서

김이 모락모락 피어오른다

U

색연필 두 자루 나란히 누웠다

나는 눈썹을 만지고 너는
귓속으로 여행을 떠났다

나는 안경을 벗고
너는 심장 속으로 들어왔다

서랍 속은 뒤죽박죽이 되어 버렸지만

그곳은 침묵의 스케치북
오래된 정원사의 꽃밭이었다

쓰윽 서랍을 열어 볼 때

가지런한 필통 속
몽당이 된 두 자루 눈을 크게 뜬다면

오늘은 늑대와 양을 반쯤 섞은
또 다른 얼굴의 네가 온다

부드러운 감촉으로
술술 풀려나오는

나의 절반, 나의 웃음

동상이몽을 들켜 버린 우리
서로의 팔을 베고 삼천 번째 꿈을 꾸려 한다

혀

잠복하고 있다
백태 속 무거운 말은
분홍 잎사귀보다 가벼워지리라

미끄러운 촉수가 몇 십 마일 밖을 본다

저격수
신호를 기다린다

바위 지나
푸른 초원 지나
알타이를 내려온 내 안의 누룩 냄새

저 불꽃 속
젖이 말라 버린 나의 어머니와 그 어미의 어미들

침묵에 시달리며
한없이 길어지는 날

몸의 최전선

외로움은 길들지 않고

배가 고플수록 나는 명료하다

1억 4천만 년 전을 찾아서

1억 4천만 원을 찾기 위해 은행에 가다가
툭툭, 내 몸에 묻은 먼지를 털어 낸다

얼마나 더 기어올라야
우수수 떨어지겠니?
잎이 번쩍거리는 가로수 잎사귀를 올려다보며
푹푹 찌는 거리에서 한참을 기다리다가

1억 4천만 년 전이라면 이 많은 돈을 어떻게
마련할까
엉뚱한 생각을 하며
금고를 몽땅 털어 내도 부족할 1억 4천만 년의 시간을
거슬러

그동안의 형편과 작금의 생활상을 되돌아보는 것이다

그러나 무엇보다
내가 찾아간 은행이 사라진 지금
그토록 간단하게
손아귀를 빠져나간 가치에 대해서라면

오늘은 더 이상 할 말을 잃는다

바닥을 벗어나면
곧 다른 바닥
나는 무너질 것들이 그리워지기 시작하고

1억 4천만 원보다
1억 4천을 헤아려 보는 눈동자가

아직 그곳을 빠져나오지 못하고 있다

달집태우기

달을 기다리는 밤
날숨 차오르고

공터엔 토끼도 계수나무도 없는 허름한 집 한 채

달집 속엔 한 사람을 기다리는
한 사람이 앉아 있고
달은 옛 지붕 위에나 떠오르고 있는지
머리를 조아리며
소원을 비는 사람들

참다못해 가슴에 불을 지른 할머니
논두렁을 태우며 무덤을 넘어가고
상모를 돌리는 사람은
노을 속에 재주를 넘는데

알로하알로하 남태평양 같은 곡조로 아리랑을 부르는
옛사람들

대나무가 튀고

핏기 없는 얼굴 불기운 번지면
커다란 키에 오곡밥 얹고
그 위에 나물 얹고
죽었는지 살았는지 아직 기별이 없는 아들을 위해

홀로 울고 있는 징 소리
참새 떼 같은 꽹과리 소리

항아리展

모두 기형이다
입을 벌린 항아리들

너무 오래 말을 참아 징 소리가 나는군,

진흙을 받아 든 사람이
젖을 만지고
표정 없는 얼굴을 만지고
아득한 별을 만지듯 쓸개를 주무른다

풀썩
자신을 뭉개 버린다

태초의 무늬를 잃고
아름다운 노랫말을 잊어버린
어두운, 항아리

저 입속에서
불붙는 너의 심장

도공은 달빛 한 자락 휘휘 물레질하여
가마에 긴 숨을 불어넣는다

빈 수레가
놓여 있는 곳
항아리들이 늘어난다

귀를 기울이며
항아리를 두드려 보는 여인이

자신이 낳은 아기를 안고 가듯
빈 항아리를 껴안고 간다

여자만 일몰

밧줄이 먼저 올라왔다

목을 맨 듯
고깃배는 버둥거린다

씨알 좋은 삼 년쯤 자란 숭어들이군,
두꺼운 손이 다가와 뻐끔거리는 아가미를 벌려 본다

왜 하필 아가미인가
오랫동안 수혈을 받다 떠나간 아홉 살 소년의
눈망울과 마주친다

그것은 빨갛고
그것은 크고 둥글다

격렬하게 들이마셨다가 고요로 내뿜는
무지갯빛 활어 회 위로 수평선이 내려온다

절명의 순간
무슨 생각을 하게 될까

다가왔다 사라지는 빛으로
수많은 계절이 지나갔지만 노을은 대답하지 않는다

멀리 누운 섬들이
아프다와 꽃 피다 사이에서 출렁이고 있다

피를 밀어내는 힘으로
옴팍한 여자만에 다시 숭어 떼 든다

와온

팥죽이 끓고 있는 밤이에요
장작불 위 별이 쏟아지고
송진 냄새가 저승까지 날아가는 밤이에요
여러 개 눈동자로 하늘을 쳐다보던
만취한 삼촌이
소리 없이 다가오는 밤이에요
뒤춤에 감춘 도끼가 뿜어내는 살의
아버지는 비장한 얼굴로
윗옷을 가슴까지 치켜올렸죠
숨겨 둔 부싯돌이
매운 연기를 피워 올리는 밤이에요
먹구름아,
찍을 테면 찍어 봐라
뻘밭 저쪽에 잠든 새들이
밤새 상여 놀이를 하며 울부짖는 밤이에요
노을이 타오르고
가슴팍까지 팥죽이 튀어 올랐죠
맛있는 팥죽을 먹은 기억은 없어요
바짓가랑이가 젖은 삼촌은
열두 겹의 계절을 떠돌고

아버지는

어둠 속에 길게 누워 있죠

오늘 밤 갯벌은

온돌처럼 따스해요

사라진 구멍마다 별이 뜨면

하늘은 오래도록 죽음의 노래를 들려줘요

수억 년 전 마그마 속에서

소쩍새와 뻐꾸기 날아오르는 밤이에요

면앙정에 호랑이가 산다

―편액이여, 너는 무슨 뜻인가?

고양이는 주인 앞에 벌러덩 누워 네발로 비눗방울을 굴린다. 늙은 아비 앞에서 어린아이 행색으로 재롱을 떨던 노인이 있다. 먹물로 제 몸에 호랑이를 그리며 놀더라는 시인 묵객, 중원을 떠나 깊은 산에 들어서도 가죽을 쓰고 예를 갖춘다. 큰 사람이 스치는 곳에 붕새가 날고 심지도 않은 나무의 씨가 떨어져 천년수로 자랐다 하니 그 키가 실로 중원까지 닿고도 남음이 있다. 까마귀 어둠을 쪼고 까치는 이슬 먹고 재주를 부리니 그를 숭앙하는 무리가 인정에 그치지 않음이라. 개호랑이를 자청하는 무리가 글을 배우고 시를 읊어 대니 잠시 지나가던 손이 귀를 내려놓는다. 스승을 가마에 어르고 놀았다는 기록으로 보아 제법 쓸 만한 기둥 넷이 남아 아름드리 상수리나무로 곧게 자라고 있다. 그 사이를 노닐며 옛 호랑이 무리를 흉내 내어 본다. 이빨 빠진 바람이 다가와 주련을 흔든다.

제4부

수평에 눕는 여인들

저기 한 사람이 기어 오고 있다

바다의 입술에는
아직 찾아내지 못한 내가 있어
하루 종일 엎드려 무덤을 파다가

마침내 스스로
무덤이 되는 사람들

피 묻은 널을
지느러미로 밀고 다니는 여인들이
수평선을 기어 오고 있다

파고 파내도
더 파야 할 것이 남아 있는
아랫도리를 더듬는
손

핏방울로
죽어 가는 생명을 살리고 있나

바닥까지 내려가 숨을 참고 있는
손들은
둥, 둥, 둥, 멈출 수 없는 북을 치고 있나

허리를 펴다가 다시 엎드린 세상의 손들은
가늘고 긴 팔을 뻗어 움켜쥐며
무엇을 발굴하나

몸부림칠수록 빠져드는
머나먼 뻘밭

모든 사랑을 개관하고 나서야 수평에 발 뻗고 누울 수
있다는 듯
긴 널에 몸을 누이고 쉬고 있던 여인들

심장이 식어 버린 해를 등에 지고
줄지어 널을 밀고 사라진다
푸른 동맥 같은 파도가 돌아오고 있다

컹컹

수평을 울리는

개 짖는 소리

포도알 유희

잘 익은 눈동자가 다가와요
어릴 때 잃어버린 유리구슬
음악과 춤으로 한생을 살아온 너의 에피소드
포도 넝쿨에 매달린
영웅의 랩소디를 들으며
책에 취해요,
당신에게 취해요,
역사는 매장과 부장과 풍장의 형식으로
사람들을 기록하고
은빛 포말이 줄거리처럼 떠오르는 해안선
비스듬한 해변 언덕에는
동그란 무덤들
구슬을 꿰어 유희를 하던 거미는
눈앞의 저녁을 동그랗게 말아 허공에 걸어 놓았어요
마른 잎사귀
새가 되어 날아가면
점점 진해지는 붉은 피
눈 내리는 광야에 이르면
내 눈 속 먹빛 포도는 무엇을 보고 있을까요
이국의 포도밭은 낯설고

당신과

나 사이

저물면서 빛나는 커다랗고 하얀 접시

고양이 되기

거친 숨을 내려놓는다

낯선 단어를 물고 와 햇빛에 놓고

꿈틀거리는 지렁이를 보듯 바라보고 있다

감은 눈 속 세로로 선 눈동자

졸음 속에 스며드는 예리한 각

곁눈질하는 사물들이 다가와 스스로를 풀어놓을 때까지

구석은 어둡다

부드러운 털을 스치며 고양이가 지나간다

배가 고플수록 가벼워지는 구름

송곳니 같은 비명을 움켜쥐고 담을 넘어간다

자는 듯 죽고 싶다는 목소리가 떠오르는 한낮

나는 졸고 있는 고양이

나는 날개를 포갠 나비

●고양이 되기: 들뢰즈.

모과

온몸이 따스한 눈이다

아무도 돌아보지 않는 귀신 같은 둥걸에
외계에서 주워 온 노란 돌멩이들
혹처럼 자라고 있다

입술이 굳고
귀가 어두우면
가장 멀리 있는 밤은 모과가 된다

연못 같은 눈으로
자신을 들여다보고 있는 한밤의 노인들

모과는 바람이 불지 않아도 떨어지고
바람이 불어도 끈질기게 살아 있다

긴 겨울밤이
한 사람의 목숨을 집요하게 농락한다
모습이 먼저 떠오른 건지
냄새가 다가온 건지

나는 허공 밖을 웅얼거리는 모과 향에 취한다

이곳은 한겨울에도
모과 꽃이 피는 곳

반쯤 썩은 모과가 눈을 뜨고 나를 알아본다

어제 앉아 있던 사람이
밤사이 다리를 절며 사라졌다

얼굴 없는 사람

마침내 얼굴이 사라진다 골목에서 마주친 얼굴 없는 사람은 창백한 달빛 같아 얼굴이 없으므로 거추장스런 인사가 사라졌다 증오의 표정이 사라졌다 광장을 지날 때 늙은이는 어린아이처럼 맑아지고 아이는 어른 흉내를 내며 허둥지둥 달려간다 얼굴 없는 세상에서 나팔이 되어 깨어난 광대가 춤을 추고 있다 얼굴을 가리고 살던 수많은 연인들이 거리로 나와 북적댄다 입술과 입술 사이 아직 빠져나오지 못한 얼굴은 찡그린 채 환한 유리창에 끼어 있다 얼굴 없는 밤 잠에서 깨어나면 검은 눈물을 흘리는 한 사람이 울고 있었다

소나무귀신

귀신 아닌 나무는 없다 귀신을 보고 놀라서 행인 1처럼 쓰러진다 믿거나 말거나 귀신 얘기에는 누구나 빠져들고 내 안의 귀신은 오늘 밤이 솔깃, 몰래 빠져나가다가 꼬리를 밟히고 말았어 축 늘어진 채 누군가의 등에 업혀 왔을 때 귀신 아닌 나무는 없다 탕은 오른쪽 메는 왼쪽 술잔을 세 번 돌리고 귀신이 부어 준 술을 마신다 음복이란 말에 취해 잠잠해지는 귀신 그들이 산다는 소나무 숲에는 아무도 들어가지 않았다 귀신 아닌 나무는 없다 수액과 피를 교환하던 오래전 방식으로 소나무를 안으면 솔 향과 바늘과 그토록 웅장한 바람 소리 귀신이 온다 구름에 가린 달이 궁금해 못 참겠다는 듯 소나무를 건너뛰고 행인 2의 비명이 들려온다 어렴풋이 보이는 것과 보이지 않는 것 사이에서 귀신 아닌 나무는 없다

새조개

너를 새라 부르면
날개 없는 바다가 공중이다

어떻게 물속을 날아다니며 벌레를 쪼아 먹었니

조개를 까는 손이 중얼거리며
새 밖으로 새를 날려 보낸다

세상 밖에서나 울었음 직한 부리를 삼키면
분홍빛 고운 소리로
내 안에 나타났다 사라지는 새

접시에 놓인 새를
조개라 부르는 순간

지저귀던 새는 입을 다물어 버린다

새가 오기 전
새가 있다는 생각을 하기 전부터
내 안에 새가 울고

자정의 하늘은 검고 딱딱한 껍질 같은 지붕

눈알도 깃털도 없는 새를
공중에 날려 보낸다

축축한 부리를 내밀며
젖은 눈을 뜨는
창 너머 하늘과 땅이 조금씩 움직이기 시작한다

새벽 시장

　북쪽 변방 따스한 차 한잔이 그리운 과부가 김 오르는
수레를 몰고 온다 다랑어, 갈치, 명태, 조기, 여기 놓인 이
름들이 추운 나라 백성 같다 쭈그리고 앉은 늙은 여자들
이 물고기를 낳은 어미 같다 핏덩이를 받아 낸 할미 같다
경매꾼의 언어는 먼 나라의 말 기다리다 한번 울어 보는
작은 배는 누군가를 태우고 온 나귀 종족들이 꽁꽁 언 손
을 녹이며 모닥불을 놓을 때 긴 막대 위에 꿈을 돌리던 남
자는 어디로 사라졌을까 태양을 숭배하는 무녀는 붉은 천
을 대나무에 묶어 두고 정육을 써는 백정의 칼에 마음을
빼앗긴다 낙지가 굵은 다리를 뻗으며 태양을 파고드는 아
침 대여섯 아이를 놓아두고 잠이 덜 깬 얼굴로 생선을 고
르고 있는

　몇 번의 아픈 생이 왔다가는
　목 너머 아득한 하늘의 안쪽이 잠깐 보였다 멀어진다

소피와 루체의 대화

한쪽 팔을 잃은 건 그날 밤 모래 폭풍이 지나간 후였네. 내 몸에 자신을 투사하며 영원을 꿈꾸던 새는 흔적도 없이 사라져 버렸지. 우리가 서 있던 광장의 숲은 근사했네. 나는 오랜 시간 모래 속에 묻혀 있었지. 발굴이라는 이름으로 피라미드를 뒤지던 사내들은 땅에 눈을 박고 돌아다녔어. 사람들은 나를 영웅이라 부르더군. 하지만 나는 군화에 모래를 털기도 전에 파헤쳐졌지. 토르소는 토르소대로 두상은 두상대로 무덤 속에서 잘려 나온 조각상들이 서로의 몸통에 머리를 이어 보다가 기괴한 웃음을 웃고 있는 밤이네. 사람들은 과거로 들어와 석상들처럼 먼 미래를 보려고 해. 나는 이름 대신 붙여진 번호를 달고 온종일 서 있다네. 나는 6호관에 있어요, 나는 6시에 팔을 내려요, 말문이 막혀 말이 튀어나오지 않는군. 세상의 모든 지루함은 박물관에 있지. 몸은 태양의 나라에 있는데 도시의 한복판에 눈동자처럼 떠도는 검은 달을 보네.

밀과 보리가 자란다

빽빽하게 집을 지었다

밀집 지역으로 들어가
더, 더 가난해지는 가게들처럼

성장한다는 말 속에는 눈초리가 보인다

햇빛이 강할수록
그림자가 진해지는 곳

독수리는 보다 더 높은 곳에 앉아 있다

며칠 새 무섭게 변해 버린 검은 초록
죽어라 달려가다
거기 딱 멈추어 섰을 때

눈이
튀어나왔거나
털썩 주저앉아 굶어 죽는 사람들
대각선으로 뻗어 나간다

질리도록 같은 생각 같은 키를 마주 대고

초록은 달린다
스스로의 창살에 갇히기 위해
먼 곳으로부터
먼 곳으로

뒤를 돌아보는 사람들이
검은 숲으로 빨려 들어가고 있다

칼 가는 노인

노란 상복 입은 가로수 아래
쌍칼 꽂아 두고

칼 가시오, 칼
외치는 노인의 소리

날 선 칼 위로 얄팍한 얼굴들 스쳐 지나간다

칼 가시오 칼,
노인은 등에 칼을 들이대고

뒤 없는 사람들
돌아보지 않는다

칼 가시오
칼,
다가오며
어둠이 허를 찌른다

검은 새 한 마리

떨어지다
날아오르고

물 한 방울로 세운 칼날
시퍼렇게 확대된다

녹슨 칼을 꺼내 보는 자객이
뒤를 밟는다

까망베르 치즈를 먹는 저녁의 대화

쉿! 들키지 말아야 해

이건 네 인생을 걸고 하는 모험이야
그들이 성공한 건 노숙하고 노련했거든
오늘은 하늘이 하얗게 빛났지만
구름이 검었어
온 도시가 잠든 밤에 같이 걸을까?

표정을 숨기고 불빛에 춤추는 발들이 보인다
음악과 음악 사이 땅을 딛지 않고 떠오르는 얼굴들

일어나, 바보 누나
아직 울 때가 아니잖아,
나는 그가 보지 않는 사이
상처 난 고양이를 어둠 속으로 던져 버렸다
물결 같은 물체가 빠르게 검은 고랑으로 흘러들었다

무엇이 쫓고 쫓기게 하는가를 분명하게 봐
네 눈은 아직도
느린 달팽이처럼 기어가고 있잖아

잠시 고요해진 식탁 위로
귀를 움켜쥔 한 무리 생쥐들이 지나갔다

참 오묘한 맛이구나,
이건 모든 것을 열 수 있는 열쇠란다
역겨운 냄새의 쫀득한 치즈가 표정을 바꾸며
접시 위로 흘러내리고 있다

매복

기어이 총을 샀다
어깨에 메고 옥상으로 올라갔으나 겨눌 대상이 없다

내가 만난 건
죽어 있는 계단, 어린 새이거나
목 없이 뛰어다니는 아버지들뿐

허공에 총을 쏘았다
심장 속에 숨어 있던 비둘기들 떨어진다

도시의 검은색
자동차와 신호등 사이

날짜변경선을 넘어선 폭주족은
이미 새로운 트랙을 돌기 시작하고

목 잘린 나무 위에서
하늘이 벌겋게 피를 흘린다

아슬아슬한 벼랑 끝에

짧은 굉음 하나 빛나고 있다

절벽을 기어오르던 태양이
가장 연약한 소녀의
치마 밑으로 기어드는 시간

타이거릴리

이 꽃 앞에서

기다린다
기다린다
기다린다
태어나 한 발자국도 움직인 적이 없는 맹수

네 이름은 릴리
꽃 속의 짐승이 나를 부른다

타이거
타이거
릴리
릴리
꼭짓점까지 타오를 때

불붙은 호랑이
뛰어내린다

유리창 안에

선홍색 혀가 말라붙고 있다

이름은 가장 나중에 당도하여 꽃의 얼굴에 화인을 찍을
것

분홍의 기원과 탈주의 몽상

이경수(문학평론가)

1.

분홍이 여성의 상징으로 강제적으로 주어지던 시절이 있었다. 유아복 전문 매장에 가면 여자아이 옷이나 장난감은 어김없이 분홍색, 남자아이 것은 하늘색 따위가 정해져 있다시피 하던 시절 말이다. 그리고 그 시절을 지나 분홍은 기피해야 하는 색이 되기도 했다. 유아적이고 소녀취미라는 편견이 분홍에 씌워지면서 의식적으로 분홍을 꺼리던 시절, 일부러 칙칙한 무채색 외피를 입기도 했다. 최근 페미니즘이 사회적 관심사로 떠오르면서 페미니즘 관련 도서가 연일 출판되고 서점에도 별도의 부스가 마련될 만큼 출판 시장에서 주목받기 시작했다. 그에 따라 분홍색 표지의 페미니즘 책과 굿즈들을 흔히 볼 수 있게 되면서 나는 또한 세대가 건너갔음을 실감할 수 있었다. 강제적으로 주어지는 획일성이나 의식적으로 피해야 하는 부끄러움 같은 것이 아니라 당당하게 분홍을 선택하고 생물학적 여성성을 드러내는 새로운 세대가 출현했음을 직감했던 것 같다.

남길순의 첫 시집에는 '분홍'의 감각이 도처에 널려 있다. 그러나 남길순 시의 '분홍'은 소녀취미는 물론 산뜻하고 당당한 분홍과도 거리가 멀다. 그것은 생명의 절정을 품은 말랑말랑함과 당도, 물기를 지닌 잘 익은 복숭아의 분홍빛을 연상시키면서 동시에 그런 생명에 필연적으로 꼬이는 벌레마저 한 몸에 품은 분홍에 가깝다. 생명의 절정과 수치심, 자기혐오의 정동을 동시에 품은 분홍인 셈이다. 또한 아픈 몸을 환기하는 '분홍'이자 나를 묶은 아버지의 복숭아나무를 떠오르게 하는 '분홍'이다. 수치심과 죄책감, 자기혐오 등 여성들에게 학습되거나 강제되어 온 정동이 남길순의 시에서는 분홍의 이미지로 흔적을 드리우고 있다. 남길순의 시가 자연스럽게 여성의 역사를 환기하는 까닭은 아마도 여기에 있는 것이겠다.

숲은
어린 나의 무대
바위 속에 집을 그리면
입속에 꿈틀거리는 벌레들이 살아난다
무릉도원이라는 말이 생겨나기 전부터
그곳엔 복숭아밭이 있었고
아버지는
담장 위에 더 높은 담을 쌓고

복숭아 속에

벌레들을 길렀어

꽃은

나무의 겨드랑이에 고여 있던 물이 피어오른 거야,

향기는 나무들의 숨 냄새…,

사방이 분홍인 방에 엎드려 써 놓은 일기를 읽으면

너는 어려도 모르는 게 없구나

벌레 있는 복숭아가 더 맛있는 거란다

아버지는 흰 광목으로 정성스럽게 내 발을 감싸고

복숭아나무에 나를 묶었지

뿌리에서부터 발작이 시작되면

연분홍 꽃들을 솎아 쏟아 버리며

뒤틀리고 작아진 발을 관 속에 넣고 못을 박았어

노란 봉지에 복숭아를 싸 넣으며

더 많은 벌레들을 길렀지

치마 속으로

뱀이 기어들어 오고

분홍 물을 풀어놓은 복숭아밭 언덕 너머로

힘센 기차가 들어오고 있었다

　　　　　　　　　　　　　　―「분홍의 시작」 전문

　무릉도원보다 더 먼저 있었던 복숭아밭에서 분홍의 연원을 찾는 이 시는 "분홍의 시작"을 통해 결국 여성의 역사의 시작을 말하고 있다. 아버지가 구축한 세계는 차단된 세계이자 억압적 세계이다. 아버지는 담장 위에 더 높은 담을 쌓고 바깥의 세계와 차단된 담장 안에 '나'를 가두었다. 그 속에서 '나'는 "사방이 분홍인 방에 엎드려" 일기를 쓰고 그 렇게 써 놓은 일기를 아버지 앞에서 읽었다. "어려도 모르 는 게 없"는 '나'는 아버지의 세계에서는 징벌과 과잉보호의 대상이 된다. "아버지는 흰 광목으로 정성스럽게 내 발을 감싸고/복숭아나무에 나를 묶었"다. 아버지는 자신이 구축 한 세계 안에 '나'를 가두고자 하고, '나'는 그렇게 사랑과 정 성이라는 이름의 감옥에 갇힌다. 흰 광목에 갇힌 내 발은 "뒤틀리고 작아진 발"이 되었고 아버지는 그마저도 "관 속 에 넣고 못을 박"아 버린다. "뒤틀리고 작아진 발"과 관의 이미지는 자연스럽게 여성을 억압해 온 역사를 환기한다. 아버지의 세계에 봉인된 '나'는 벌레를 품은 복숭아처럼 "더 많은 벌레들을" 기르게 된다. 수치심과 자기혐오는 차단된 아버지의 세계에 갇힌 여성들이 학습한 감정이라고 할 수 있을 것이다. "치마 속으로/뱀이 기어들어 오고/분홍 물을 풀어놓은 복숭아밭 언덕 너머로/힘센 기차가 들어오"면서 '분홍'의 역사는 시작되었다고 시의 주체는 고백하고 있다. 그렇게 분홍은 '나'의 기원이면서 동시에 벗어나야 할 감옥 이 된다.

2.

분홍으로 표상되는 감각이 남길순의 시에서 벌레마저 품 고 있는 살아 있는 생명의 절정을 의미한다면, 그 대척점에는 무덤과 유적으로 표상되는 과거의 시간이 있다. 죽음의 시간에 대한 상징들이 남길순의 시에는 종종 등장하는데 그 바탕 위에서 삶의 감각이 생성된다고 할 수 있겠다. 남길순의 첫 시집에서는 "선사의 흔적들"(「지저귀는 공원」)이 모습을 드러내는 시들이 종종 눈에 띈다. 가령 "금관에 매달린 곡옥이 말을 걸어와" "눈이 마주친" "주렴 속 한 여인"(「푸른 곡옥 귀걸이」)이라든가 "미라가 된 아이"(「마네킹 아이」), "무덤 속에서 걸어 나오"는 "산 사람들"(「서라벌의 아침」)이 자주 출현한다. 그들은 시적 주체와 교감하며 눈이 마주치고 "내 안에 실핏줄을 당긴다"(「푸른 곡옥 귀걸이」).

버드내 공원 고인돌은 누군가 벗어 두고 간 모자이다

원형 타원형 말각방형의 방을 옮겨 다니며 숨겨진 그림자를 쪼아 대는 비둘기들 흩어진 선사의 흔적들이 밤낮없이 아이들을 불러 모아 정글짐에서 시소로 시소에서 미끄럼틀로 순간순간 태어나고 죽는다

홈자귀로 깎고 돌도끼로 다듬은 오색 팽이를 돌리는 바람 돌화살촉을 벼리며 노는 아이들 청동기 여자가 아기를 재우던 화롯가 벤치에는 연인들이 포옹하며 입술을 포개고 있다

두 개의 해를 피해 몰려든 발자취를 지우며 뿌리는 나뭇

잎을 향해 죽은 사람들을 지그시 밀어 올린다 더 이상 비밀
을 지킬 수 없는 무덤이 가슴을 파헤치고 지저귀는 공원

고인돌처럼 모자 쓴 내게
옛 우물터에서 한 무더기 참새 떼가 날아온다

나는 불현듯
왼팔 없는 머나먼 느티나무가 된다
—「지저귀는 공원」 전문

남길순의 시에서 무덤이나 유물, 유적에 관심을 보이는
것은 머나먼 과거의 시간이 오늘의 시간과 닿아 있다고 믿
기 때문일 것이다. "버드내 공원 고인돌"을 "누군가 벗어 두
고 간 모자"처럼 친숙하게 느끼는 시의 주체는 "흩어진 선
사의 흔적들"을 더듬으며 "숨겨진 그림자", 보이지 않는 존
재들을 좇는다. "숨겨진 그림자를 쪼아 대는 비둘기들"과
시의 주체의 시선은 하나가 된다. 그리고 정글짐과 시소와
미끄럼틀과 아이들이 노니는 오늘의 공원에서 "돌화살촉을
벼리며 노는" 선사시대의 "아이들"을 보고 만다. "청동기
여자가 아기를 재우던 화롯가 벤치에는 연인들이 포옹하
며 입술을 포개고 있다". 공원에서 흔히 볼 수 있는 오늘의
풍경과 선사의 흔적들이 남길순의 시에서는 시간의 경계를
넘어 공존한다. 오늘을 통해 바라보는 선사의 흔적들은 머
나먼 과거의 시간에도 사람들이 살아가는 방식에는 큰 차

이가 없었음을 말해 준다. "더 이상 비밀을 지킬 수 없는 무덤이 가슴을 파헤치고 지저귀는 공원"에서 "나는 불현듯/왼팔 없는 머나먼 느티나무가 된다". 머나먼 과거의 시간과 오늘의 시간이, 머나먼 느티나무와 시의 주체가 하나가 되고 "옛 우물터에서" 날아온 참새 떼가 오늘의 공원에서 지저귄다. 시간의 경계를 허물고 소환되는 머나먼 선사시대는 오늘의 삶에 대한 주체의 태도를 엿보게 해 준다. "왼팔 없는 머나먼 느티나무"가 된다는 주체의 고백을 통해 오늘의 삶에서 비롯된 고통이 주체의 시선을 머나먼 과거로 자꾸만 향하게 함을 미루어 짐작할 수 있다.

　과거와 현재, 유적과 오늘의 장소성이 교차하거나 교감하는 일은 남길순의 시 곳곳에서 벌어진다. "태어날 때부터 한 방향만을 보"게 세워진 마네킹을 보며 "미라가 된 아이"를 떠올리고 "끝내 당도하지 못할 머나먼 아침"(「마네킹 아이」)을 그리기도 하고, 천마총 같은 고분을 둘러본 체험은 "아직 깨어나지 않은" "대릉원"에 놓인 알들에서 "초록 갈기 휘날리며 무덤을 타고 노는 아이들"을 깨어나게 한다. "산 사람들이 끊임없이 무덤 속에서 걸어 나오"는 일이 "초록이 무성한" "서라벌의 아침"에선 흔히 일어나는 일임을 남길순의 시를 통해 우리는 비로소 알게 된다. "거기 누구 없어요/정말 아무도 없어요"라는 외침이 예사롭지 않게 들리는 것은 "말 울음소리가/곡옥의 눈을 찌"르는 순간을 시의 주체가 예민하게 포착하고 있기 때문일 것이다.(이상 「서라벌의 아침」)

층층마다 물고기가 드나든다
책장이 열렸다, 닫힌다
물속 도서관

석고상 같은 사람들이 앉아 있다
나는 에페소의 파피루스를 해독하며 아직 도착하지 못한
다

오랫동안 움직임이 없는 물

물속에서 물속으로
백 년이 흐르고

물을 의심하는 여기
다시 백 년이 흐르고

나는 깨어난다

겨울새들이 줄지어 행간 밖으로 사라지고
출렁이는 책장에는 신간이 정리되고 있다

오늘 새로 쓴 너의 말이 낳은 무늬들

물방울을 튀기는

여자는 다시 화석이 되어 가고

눈먼 구름이 다가와
눈 속에 알을 슨다

—「호수도서관」전문

　이렇게 시간의 깊이가 부여된 겹눈을 지닌 남길순 시의
주체는 지금-여기의 장소에 시간성을 불어넣는다. 그의 시
에 유독 과거로부터 도착한 사물과 사진, 시간의 단층을 품
은 사물이나 장소가 자주 등장하는 까닭은 여기에 있을 것
이다.
　'호수도서관'이라는 이름을 가진 도서관은 생각보다 전
국에 많다. 대개는 호수를 배경으로 끼고 있거나 지명에 호
수가 들어가는 지역에 있는 도서관에 '호수도서관'이라는
이름이 붙어 있다. 그러나 남길순의 시가 상상하는 '호수도
서관'은 "층층마다 물고기가 드나"들고 "책장이 열렸다, 닫"
히듯 물속과 물 바깥을 자유자재로 넘나드는 "물속 도서
관"이다. '호수도서관'에 드나들며 층층마다 오르내리는 사
람들을 보며 물고기 같다고 상상하는 데서 이 시의 상상력
은 촉발되었을 것이다. 시적 주체가 상상하는 '호수도서관'
에는 "석고상 같은 사람들이 앉아 있"고 그 또한 "에페소의
파피루스를 해독하"느라 여념이 없다. 책을 들여다보는 동
안 시간은 무섭게 흐르지만 정지한 것처럼 느껴진다. 이 느
낌을 시의 주체는 "오랫동안 움직임이 없는 물"과 "물속에

서 물속으로/백 년이 흐르"는 시간으로 표현했을 것이다. 책을 덮는 순간 "나는 깨어"나고 "겨울새들이 줄지어 행간 밖으로 사라지고/출렁이는 책장에는 신간이 정리되고 있다". 도서관의 시간은 다시 흐르기 시작하지만 "오늘 새로 쓴 너의 말이 낳은 무늬들"이 도서관의 시간에 차곡차곡 새겨지고, 그곳을 드나드는 사람들은 다시 화석이 되었다 물고기가 되었다 깨어나기를 반복한다.

기린은 고서에 나오는 상상의 동물
기린은 상서로운 새이거나
기린은 다리가 긴 기차

나는 기차를 타고
기린은 평원에서 풀을 뜯다 돌아보고

나는 기린을 타고 떠난 할미새
기차는 손을 흔들며 울던 기린

기린은 그사이 키가 더 자라고
기린의 목은 차창을 넘어와 칭얼거리는 아이의 손을 핥고

기린은 주황색이 도는 갈색
패치 모양의 얼룩
크림색이 도는 황색 구름

산이 돌아 움직이고

낮달이 따라오고

휘날리는 소녀의 머릿결

눈물이 마르지 않은 손수건

내가 떠 준 보라색 스웨터

아직 지우지 않은 사진

사소한 변명과 김밥

기린의 혀는 거친 숨을 잘도 녹여 먹고

기차는 기린의 평원을 오래도록 감아 돌고

기분 좋은 기린의 목은 하늘에 닿고

목이 늘어날 대로 늘어난 기린은

구름을 피워 올리고

겨울에서 봄으로 기린의 목이 넘어가고

나는 기린의 목에 매달려

머나먼 나라에서

머나먼 나라로

　　　　　　　　—「기린은 꿈처럼 가만히 누워」 전문

　과거의 시간에 대한 다양한 탐색은 "고서에 나오는 상상의 동물"인 기린에 대한 상상으로 이어진다. 기린은 상상의 동물이자 동물원에서 본 과거의 기억을 떠올리게 하는 매개로 몽상의 시간을 이끈다. 기린이 "상서로운 새이거나" "다리가 긴 기차"가 될 수 있는 것은 이곳이 아닌 다른 곳, 너머의 시간이자 몽상의 시간으로 시의 주체를 이끄는 역할을 기린이 하기 때문이다.

　기린은 "고서에 나오는 상상의 동물"이면서 동시에 동물원에 가야만 만날 수 있는 목이 긴 동물이다. 목이 길다는 것은 다른 공기를 느끼고 다른 하늘을 보는 존재라는 뜻이기도 하다. 따라서 기린은 새나 기차처럼 이곳에서 벗어나 달아나는 추동력을 지닌 표상으로 그려진다. '기린-기차-새-나'는 이 시에서 자유자재로 넘나들고 섞인다. 기차를 타고 떠나는 시간과 기린이 촉발하는 상상은 "손을 흔들며 울던" 기억과 "기린의 목"이 "차창을 넘어와 칭얼거리는 아이의 손을 핥"는 기억을 불러온다. 동물원에서 기린을 본 기억, 그리고 기린이 칭얼거리는 아이의 손을 핥았던 기억과 누군가와 손을 흔들며 울며 헤어졌던 기억이 겹쳐진다. 차창을 넘어와 우는 아이를 달랜 기억과 기린이 울타리 너머로 손을 핥던 기억도 포개진다. "휘날리는 소녀의 머릿결/눈물이 마르지 않은 손수건/내가 떠 준 보라색 스웨터/아직 지우지 않은 사진/사소한 변명과 김밥"은 모두 이별에 관한 기억의 편린들이다. 기린과 기차와 낮달이 이끄는 몽상을 따라 시의 주체는 누군가와 이별하고 울었던 여러 겹의 기억들을 불러와 포개 놓는다. "기린의 혀는 거친 숨

을 잘도 녹여 먹고"기분 좋은 기린의 목은 하늘에 닿"아
"구름을 피워" 올린다. 그런가 하면 "기차는 기린의 평원을
오래도록 감아" 돈다. 기린과 기차를 따라 남길순 시의 몽
상은 수직으로도 수평으로도 멀리까지 확장된다. "겨울에
서 봄으로 기린의 목이 넘어가고" "나는 기린의 목에 매달
려/머나먼 나라에서/머나먼 나라로" 떠나간다.

3.

천년 전 과거의 흔적과 그로부터 촉발되는 상상들은 남
길순의 시에 실존의 무게를 드리운다. 그렇다고 그녀의 시
가 한없이 무겁게 가라앉는 것은 아니다. 과거의 시간을 품
어 안은 현재의 나는 갇혀 있는 세계에서 벗어나 늘 달아나
길 꿈꾼다. 남길순의 시에 유독 '새'의 표상이 자주 등장하
는 까닭은 여기에 있다. 새의 날개와 가벼운 몸을 빌린 탈
주와 자유로운 몽상을 남길순의 시는 꿈꾼다.

아침은 뛴다 커다란 새를 안고

대각선을 가로지르는 사람에게

직선보다 둥근 선은 없다

발과 발이 떠 있을 때 길은 반대 방향으로 흐르고

태양과 지구와 달의 지그재그를 파고들며

달리는 사람의 눈

오래 달리는 사람은

자신이 달리고 있다는 걸 잊어버린 사람

허공을 긋고 나타났다 사라지며

밤의 중력을 들어 올리는 사람

흰 불꽃을 뿜으며

몸을 빠져나간 그림자가 앞서 달리고 있다

이제 곧 죽을 먹이를 차지하려고 도로를 덮은 까마귀들이

화들짝 퍼져 나간다

—「달리기 새」 전문

 '달리기 새'는 멕시코와 미국 남서부 사막에 사는 새를 가리키는데, 새이기는 하지만 나는 데 서투르고 몸집이 커서 쉽게 지치는 편이라 보통 도로나 평원을 가로질러 다니

는 것을 좋아한다고 한다. '달리기 새'에서 착상을 얻은 것으로 보이는 이 시에서는 분주하게 이리저리 뛰어다녀야 하는 아침 시간을 "커다란 새를 안고//대각선을 가로지르는 사람"의 이미지로 표현한다.

분홍의 기원으로부터, 아버지의 속박으로부터, 그리고 비루한 일상으로부터 달아나고 싶어 하는 남길순 시의 주체는 새의 가벼운 몸을 누구보다 간절히 꿈꾸었을 것이다. 그러나 시의 주체를 짓누르고 옥죄는 현실의 무게는 새처럼 가볍게 날아오르도록 그를 놓아두지 않는다. 그는 너무 오래 달린 나머지 "자신이 달리고 있다는 걸 잊어버린 사람"이다. 날개를 지니고도 나는 법을 잊어버렸다는 듯이 평원을 가로질러 달리는 '달리기 새'를 보면서 시의 주체는 '달리기 새'의 운명이 자신의 처지와 비슷하다고 느꼈을 것이다. 오랫동안 달리고 있다는 사실은 물론 어디로 달려가는지조차 잊어버린 채 습관적으로 달리고 있는 자신의 모습이 새의 외양을 하고 평원을 달려가는 미련한 '달리기 새'의 모습과 별반 다르지 않음을 발견한 데서 오는 비애의 감정이 이 시에서는 느껴진다. "흰 불꽃을 뿜으며//몸을 빠져나간 그림자가 앞서 달리고 있"는 모습은 무거운 현실의 무게에 짓눌린 몸을 지니고도 몽상을 포기하지 않는 시적 주체의 모습을 표현한 것으로 볼 수 있겠다.

봄날 병을 얻어 그 나무 아래 누웠네
생각나무, 생각나무, 겨우내 생각에 잠긴 나의 생강나무

가지마다 노란 불을 환하게 밝히네

레몬트리, 레몬트리, 마른 숲 속에 환한 꽃

가지를 꺾어 코에 대면
오호라, 생강
먼 우주에 가닿고 싶은 생강 냄새 퍼져 나가고
어느 별에 두고 온 분신이 있어
밤마다 별을 헤아리는 사람들

그 별 아래 숙연해지는 영혼들이 망울망울 매달린
생강나무 아래 서면
레몬트리, 레몬트리, 나는 가장 아름다운
길을 걸어가고 있는 사람

생각이 뚝뚝 떨어지는 생강나무
생강나무 꽃 지고 나면 메마른 봄 산에 비가 온다 하네.
그 산의 나무들
    연둣빛으로 피어나 드디어 환한 몸 열린다고 하네

나는 아직 병든 봄 산
생강꽃 핀 생각나무 아래 참나무 토막으로 벤치를 만드네

눈 없는 나의 눈을 끌고 가는

불 밝힌 생각나무

생강나무 숲

—「생강나무 숲」 전문

　스스로를 "날개가 상한 새"라고 생각하는 시의 주체는 온통 새에 대한 생각에 사로잡혀서 "신호등을 건너고/폐지를 가득 실은 오토바이를 만나"는 비루한 일상 속에서도 "무엇을 더 버려야/새를 얻을까" 고민한다. "안과 밖을 번갈아 보는 눈동자"를 지닌 시의 주체는 안에 속해 있지만 늘 밖을 꿈꾼다.(이상「고구마와 새」)

　새가 되거나 새처럼 자유로워지기를 꿈꾸는 것 외에도 바깥을 꿈꾸는 방법은 있다. 몽상 또한 그중 하나이다. 이 시의 주체도 "봄날 병을 얻어 그 나무 아래 누"워 "가지마다 노란 불을 환하게 밝"힌 생강나무를 바라보며 생각에 잠긴다. 봄날의 병처럼, 생강나무 꽃처럼 몽환적이고 알싸한 몽상에 빠져 먼 우주로 달아나는 것을 꿈꾼다. 몽상의 힘으로 "먼 우주에 가닿고 싶은 생강 냄새 퍼져 나가고" 시의 주체 역시 "어느 별에 두고 온 분신이 있어/밤마다 별을 헤아리는 사람들" 중 하나가 된다. "그 별 아래 숙연해지는 영혼들이 망울망울 매달린/생강나무 아래 서면" 누구라도 "가장 아름다운/길을 걸어가고 있는 사람"이 될 것 같기도 하다. "나는 아직 병든 봄 산"에 있지만 "눈 없는 나의 눈을 끌고 가는" "불 밝힌 생강나무"가 펼쳐 놓는 몽상은 아름다운

"생강나무 숲"을 이룬다. 눈의 감각보다 몽상이 앞서는 시작의 비밀을 시의 주체는 슬며시 풀어놓는다.

"새가 오기 전/새가 있다는 생각을 하기 전부터/내 안에 새가 울고"(『새조개』) "심장 속에"는 "비둘기들"이 "숨어 있"다(『매복』). "눈알도 깃털도 없는 새를/공중에 날려 보"낸 행위 역시 지금—여기에서 벗어나려는 주체의 강한 의지로 읽을 수 있다(『새조개』). 그것은 결국 "나를 날려 보"내는 일이 아닐 수 없다(『프로필』).

4.

새의 몸을 빌린 몽상은 "나로부터 달아나는 얼굴, 얼굴들"(『프로필』) 때문에 촉발되는 것이겠다. 머나먼 곳으로 달아나고 싶어 한 시의 주체가 어김없이 돌아오는 곳에는 "나와 같은 몸을 쓰는/또 다른 나"(『백야』)가 있다. 분홍의 기원을 통해 여성의 역사를 환기했던 남길순의 시는 자신의 분신과도 같은 "또 다른 나"들을 그리는 데 몰두한다. '나'이기도 하고 "또 다른 나"이기도 하고 '내 어머니'이기도 한 그녀들의 이야기를 이제 들을 때가 되었다.

꽃 피었다
오너라

해마다 그 아래 자리를 펴고
나를 눕힌다, 나란히 눕는 봄

엄마 젖은 애기 젖

내 젖은 엄마 젖

서로의 젖꼭지를 바꿔 달며 복숭아는 자라고

산 나비가 죽은 나비를 지울 때까지

어디 가서 백 년이나 이백 년쯤 잠들다 왔는지

여든의 엄마는 말이 없다

(중략)

산실에 누운 엄마 다시 여물어 가고

꽃 지었다

가거라

—「복사꽃 통신」 부분

꽃이 피고 지는 소식을 알리는 "복사꽃 통신"이 들려주
고 싶어 하는 소식은 '엄마' 소식이다. 해마다 봄이 오고 복
사꽃이 피면 "해마다 그 아래 자리를 펴고/나를 눕"히고 나
란히 누웠던 엄마 생각에 잠긴다. 봄도 그 곁에 와 나란히
눕는다. "서로의 젖꼭지를 바꿔 달며" 복숭아가 자라고 "산
나비가 죽은 나비를 지울 때까지/어디 가서 백 년이나 이
백 년쯤 잠들다 왔는지/여든의 엄마는 말이 없다". 나의 손
과 엄마의 가슴은 분홍빛 복숭아로 통하고 "주름투성이 얼

굴" 여든의 엄마는 아직도 "복사꽃"처럼 빨개지는 수줍음을 지니고 있다. "산실에 누운 엄마"는 "다시 여물어 가고" 복사꽃이 피면 다시 그 아래 자리를 펴고 나를 눕히고 그 곁에 나란히 누울 것이다. '엄마'와의 봄날 한때의 기억이 "복사꽃 통신"을 통해 아름답게 복원된다.

어머니를 향한 마음은 「늦도」에서도 나타난다. "어머니/돌아가면/저 섬에 허리를 펴 뉘여 드리리"로 시작하는 이 시는 어머니의 허리, 오목가슴, 귓불을 시각, 청각, 촉각을 동원해 불러온다. "거기도 달 떴능가?"라는 어머니의 구성진 말과 "봄 도다리", "물오른 냄비에" "끓어넘치는" "쑥국"처럼 어머니를 환기하는 추억이 언젠가는 지독한 그리움의 대상이 될 것임을 시적 주체는 노래한다.

그는 예언처럼 들려주었다

드넓은 평원에서
눈을 감고 똑바로 걸어 나아가면
지름 20m의 원을 그리며 돌고 있을 거라고

지도를 펴면
방금 누군가 이 길을 지나간 흔적
막다른 벽에는
손톱으로 긁힌 자국 같은 별이 떠 있고

나는 누구인가
어디로 가고 있는가
스스로를 빙빙 돌고 있다는 기시감이 몰려오는 밤

지름길에서 만난 기린은 갈 수 있다
느림보 거북이도 갈 수 있다
여우도 갈 수 있다 중얼거리며 울고 있는
낯선 여자를 만났다

발자국에 발자국을 겹치며
발자국을 발자국으로 지우며

기다리다 지친 그가
이쪽으로 걸어온다

그는 너무 천천히 와서 오고 있다고 느껴지지 않았고
점점 멀어졌으나 아주 사라지지는 않았다
　　　　　　　　　　　　　　　―「기다리는 사람」 전문

　　남길순 시의 주체는 분홍의 기원을 직시하고 자신을 속
박해 온 현실에서 벗어나고자 머나먼 과거로 나아가기도
하고 새의 몸을 빌려 탈주와 가벼운 몽상을 꿈꿔 보기도 하
지만 자신의 탈주가 "지름 20m의 원을 그리며" 제자리를
빙빙 도는 행위에서 그다지 멀어지지 못했음을 깨닫는다.

"방금 누군가 이 길을 지나간 흔적"과 "막다른 벽"의 "손톱으로 긁힌 자국 같은 별"은 자신의 현실에서 벗어나고자 한 시적 주체의 몸부림이 만들어 낸 상흔 같은 것이겠다. 시의 주체는 "나는 누구인가/어디로 가고 있는가" 끊임없이 되물으면서 "스스로를 빙빙 돌고 있다는 기시감"에 사로잡힌다. "지름길에서 만난 기린"도 "느림보 거북이도" "여우도 갈 수 있"는 길을 자신만 가지 못한다는 절망감에 빠져 "중얼거리며 울고 있는/낯선 여자"는 다름 아닌 남길순 시의 주체이자 이 땅에서 살아왔고 살아갈 수많은 여자들이다.

그렇다고 해서 "발자국에 발자국을 겹치며/발자국을 발자국으로 지우며" 느리게 느리게 나아가는 시의 주체의 행보가 아무런 변화를 가져오지 않는 것은 아니다. "기다리다 지친 그가/이쪽으로 걸어"오는 변화가 일어나고 있다. 비록 "너무 천천히 와서 오고 있다고 느껴지지 않"다고는 하지만 그래도 "점점 멀어졌으나 아주 사라지지는 않았다"고 시의 주체는 고백한다. 시의 주체가 기다리는, 천천히 오는 '그'는 누구일까? 기다림의 대상이라면 누구라도 무엇이라도 '그'의 자리에 올 수 있을 것이다. 그것은 또한 시가 찾아오는 순간이기도 할 것이고 그가 그토록 바라던 새의 몸을 얻는 순간이기도 할 것이다. "너무 천천히 와서" 오는 것 같지도 않고 심지어 점점 멀어진다고 느껴지기까지 하지만 시의 주체는 좌절하지 않고 "사라지지는 않"는 그를 그리며 여전히 나아가고 있다. 그렇게 흔적에 흔적을 더하는 길이야말로 어쩌면 시의 길이 아닐까 생각해 본다.